向明詩集

愁非等閒
——序向明詩集《閒愁》

曾進豐

新世紀伊始不過十年，《閒愁》已是向明亮眼的第四本詩集[1]，相較於廿世紀四十年的創作成績[2]，真正符實「後勁愈盛，大器晚成」之美譽，同時印證其詩想詩觀：寫詩從隨身的糾纏，變成身體的溢流，由不由自主轉而為不得不然。

「閒」以靜觀，「愁」則是沉思人生實相後產生的情緒。人生在世，面對死亡的「懸臨」威脅，經常處於畏懼、焦慮之中；這種無時不在的無對象情緒，就是中國文學中一再出現的憂思、閒愁。尤其詩人易感，面對時間遷逝，恐慌生命的必然萎落，常生無端無謂的愁緒：「試問閒愁都幾許？一川煙草，滿城飛絮，梅子黃時雨。」（賀鑄〈青玉案〉），復苦於消解無計：「一窖閒愁驅不去，殷勤對爾酌金杯。」（張碧〈惜花〉）

---

1 前三本分別是2004年《陽光顆粒》、2007年《地水火風》及2008年詩畫集《生態靜觀》；《閒愁》少數詩作散見其間。

2 1959年處女詩集《雨天書》問世，另有1969年《狼煙》、1982年《青春的臉》、1988年《水的回想》、1994年《隨身的糾纏》。

《閒愁》集同屬新世紀三書之大成[3]，大抵維持一貫質樸少裝飾的語言風格，亦不乏創發之想，而有其延展與擴增。信手拈來，凡常瑣碎皆題材，關注層面涉及社會環境、現實政治、詩壇暮氣、詩風走向等，或牢騷針砭、冷嘲熱諷，或感慨係之、託旨遙深，且保有一定的幽默感。同時，詩人服膺「創造是藝術的全部」，不斷地在詩形體式上探索實驗，而有二、四、五、六、七行體和朗誦詩、詩相聲等多樣型態，為詩歌形式注入新的活力和可能性，令人驚豔於前行代詩人老練辛辣與溫潤睿智之外的另一面。

騷怨的根植與噴薄

人稱詩壇儒者的向明，溫和個性的表面下，包孕著俠義之質，流蕩著一股剛毅之氣，包裹得很完密，不易察覺卻也不容忽視。嘗自謂怯弱得只剩扶筆之力，卻仍堅持以筆為劍，寫作「輕型武俠詩」，憑以「上打昏君，下壓饞臣」。〈來者見招〉第一招，見其談笑佈局，出入虛實，露尾藏首地倏忽來去，令人莫測高深；其後招招靈活，或舞刀弄劍，或氣功駭人，第七招絕妙，末兩節云：「他們沒看到人影／發現一地頭髮／但他們懷疑那會是董某的？／除非，除非那老小子／不敢出招、卻出了家／／我在醉中聞訊大笑三聲／使的鬼剃頭的那一招真靈／在他們正忘形

[3] 筆者嘗分析《陽光顆粒》的三種策略：題材選取系列化、語言表現生活化、詩體建構視覺化，以及四種滋味：時代政治的婉諷、文化歷史的省思、詩與存在的探問、臨老生命的感悟。詳見拙文〈以溫柔樣態烘焙人間情味——論向明《陽光顆粒》的詩藝與詩意〉，收錄於《儒家美學的躬行者——向明詩作學術研討會論文集》（台北市：萬卷樓圖書公司，2007.12），頁135-189。《閒愁》不論是題材選擇和表現技巧皆相彷彿，至於關注生態環境之作，顯係《生態靜觀》之延續。

得意時／帶回他們全部的頭髮，示警」，帶著幾分醉意尚能出其不意，輕取敵人頂上毛髮，武藝果然超群絕倫。就此而言，「詩儒」之稱恐不足以概括，向明儼然俠者之流。

向明未必積極參與現實，但不曾放棄為人生社會操思。清醒的詩人，耳聞目擊太多悖反人情義理、污穢醜陋之事，無法裝聾作啞、置之不理：「我總奇怪自己／活到八十歲，還不會重聽」（〈眾生合十〉其九）。拳拳憂心，不知如何排遣：欠缺陸放翁「閒愁擲向乾坤外，永日移來歌吹中。」（〈落魄〉）之瀟脫，擬學文徵明「肯著閒愁到酒邊」（〈是晚過行春橋玩月再賦〉），又不勝酒力，只好裁詩作方舟，承載滿腹窮愁。詩乃「有所感於心，而不能自已」的產物，是雖欲忍而忍無可忍的心聲吐露，無怪乎《閒愁》處處有「我」，如〈眾生合十〉、〈詩觀想〉、〈誰給我的匿名信〉、〈在李白墓前〉、〈來者見招〉……，「老向」、「董某」直抒胸臆，酣暢淋漓。再者，絕不無的放矢，不能不痛不癢，加上叛逆本性，刻意悖離主流，使得其詩不聞泉石淡泊之音、敦龐大雅之響，不見遺世之句，而是苦悶之聲、牢騷之語，幾乎無一例外——《閒愁》竟成《離騷》！

卷一連章組詩〈眾生合十〉其一，如佛陀開示，安常分，順自然，「勇敢地向成熟低頭」，其餘圖繪眾生醜態，有四肢不勤、麻木醉夢，有寄生啃食、仰人鼻息，有奴顏婢膝、巴結討好，更多自我膨脹、吹噓誇大以沽名釣譽者。〈天燈〉三節皆以「如果那上面……」開頭，以知性假設否定祈天風俗，且進一層慨嘆閃弱螢光無力驅散黑暗，而寓其深意；〈天問十則〉無語問蒼天，懸而不解，不知如何回答，一切歸於莫可奈何；〈天理〉

興嘆天道不公，標題恰成反諷。〈動物詩十二首〉借物言說，表面詠物實則指涉人事：〈豹〉譏諷一窩蜂景從效顰者，永難企及里爾克之理想；〈鸚鵡〉之誤入囹圄，無法展翅，好似「我」龍鍾老態，全因「生活」所傷；豬可憐得毫無秘密，以及一生勞累的牛，同樣淪為俎上肉，〈天鵝〉亦是苟活垂死；即便是昂昂若有文王一怒安天下之威的〈雄雞〉，豔麗雙翅媲美《葩經》，依舊不能以「溫柔敦厚」註解之，更不用說〈烏鴉〉的宿命悲哀了。至於「龍困淺灘，非常正常／縱是蚯蚓，也難防啄食」（〈龍〉），處於惡濁的時代，賢愚無一倖免，此和〈革命後段〉鋪陳激情過後，廣場冷清、銅像落寞之荒涼景象，狂熱的革命顯得荒謬，同樣具有政治隱喻。卷二「就詩論詩十四題」，高舉論詩大旗，品評詩作、月旦詩人，自省復自嘲：「詩人所到之處有人吐口水」、「詩無能、人也無能」，更有掩藏不住的怨騷之氣。

詩形體式之建構

胡適倡文學改良，要「前空千古，下開百世」，《嘗試集》徹底解放了詩體，任由新詩發展將近百年，「缺乏結構」始終為人詬病。1920年代宗白華提出向音樂與圖畫學習的呼籲，30年代聞一多繼以提倡詩的音樂美、繪畫美、建築美，到40、50年代豆腐塊式、樓梯體的重視，以及60年代之後蔚起的圖象詩、具體詩等，或多或少針對新詩形式結構而起。70、80年代後，「詩體重建」喊得震天嘎響，兩岸詩人、詩論家莫不竭力鼓吹詩的改革，尋求詩行固定、形式規律的可能模式，台灣方面，更有不錯的創作實踐。[4]向明於50年代末《雨天書》先肇其端，殫精竭慮逾半世紀，《閒愁》展現豐碩成果。

〈天問十則〉、〈革命後段〉皆是兩行成節的「微型詩」，有警句、格言性質；〈空房間〉、〈誰給我的匿名信〉及〈減重遊戲〉均為五行體，依序作八、九、十節。天地之間，陰陽二氣，化生五行；萬事萬物無不有五行貫乎其間，而天下之理皆由此出。向明二、五行體，不知是否亦「由此出」！另外，借卞之琳（1910-2000）〈斷章〉[5]為題的六行體，以及仿「冰心體」[6]題為〈瞬間〉的四行體，前者靈感或許源自《易經》卦卦皆「六爻」，後者除了承襲近體絕句外，可能受到英國十四行詩（又稱莎士比亞十四行詩，分為三個四行體和一個雙行體，有別於義大利十四行詩之先八後六兩節式。）之浸染影響。

不論長篇短製，結構完整與詩意圓滿，是向明詩作的一貫原則，如〈瞬間〉其二六、二九，以及〈天空——聞洛夫回台〉、〈把整座森林牽了出來〉等，都是典型範作。集中唯一的朗誦詩〈把整座森林牽了出來〉，詩分五節，依序為

---

4 周策縱〈定形新詩體的提議〉，見瘂弦、梅新主編《詩學》第三輯（臺北市：成文出版社，1980年），頁147-199。游喚〈從《易經》看現代詩的形式定位〉，收錄於《第三屆現代詩學術會議論文集》（彰化市：國立彰化師範大學國文系，1997年5月），頁1-19。陶保璽《新詩大千》（合肥市：安徽文藝出版社，1994年），王珂《百年新詩詩體建設研究》（上海：上海三聯書店，2004年）。台灣詩人在這方面表現較突出的有向陽《十行集》及岩上《岩上八行詩》。

5 卞之琳〈斷章〉：「你站在橋上看風景／看風景的人在樓上看你／明月裝飾了你的窗子／你裝飾了別人的夢」。

6 冰心（1900-1999），原名謝婉瑩，創作大量無標題的自由體小詩，推動新詩初期小詩寫作的潮流，詩集《繁星》、《春水》，婉約典雅，充滿睿智，被稱為「冰心體」或「繁星體」。

楔子、起、承、轉、合，後四節分別類疊「那些樹」、「要是」、「要不是」、「我好想」等字詞建節，尾節逐行遞增一字，造成階梯斜坡的視覺效果，乃蘇聯標竿詩人馬雅可夫斯基（VladimirMayakovsky,1893-1930，其詩作最適宜朗誦。）獨創樓梯式詩行之模仿，也暗合了孩童玩之不膩的遊戲——溜滑梯。壓卷作〈大與小〉，藉著相聲方式呈現，添入許多人物、故事、情節，轉靜態為動感，化無聲作有聲。又由於詩人（作者）的現身舞台，使得原本的平面文字瞬間立體展現，整體好似一齣「詩劇」之演出。

現代「論詩詩」

以詩論詩肇端於杜甫〈戲為六絕句〉，唯北宋邵雍《擊壤集》首見〈論詩吟〉一首，繼起者如元好問〈論詩絕句三十首〉、戴復古〈論詩十絕〉，始蔚為風潮。清代論詩詩發展鼎盛，較著者如姚瑩、王士禎、袁枚、趙翼，至近現代且流風未息。顧名思義，論詩詩乃說理議論之詩，闡述詩學觀點，同時關顧詩的藝術性。向明擅長藉詩談詩論人，剖析創作甘苦、詩的價值影響等，《閒愁》中話詩論詩之作，約佔二分之一強，略而別之，卷一、卷二多就詩的題材、主題而發，卷三、卷四偏重詩形式之開拓。尤其卷二直接標明「就詩論詩十四題」，允為現代「論詩詩」之創製。

〈詩難〉、〈得詩〉、〈催詩〉，揭示詩的「難以捉摸」、「內容荒蕪」、「無法理解」，作者茫然，讀者不得其門而入。尤其〈催詩〉刻畫創作心理，靈感來臨時，詩人就像一個孤獨的戰士，在與龐大的軍隊作戰，譬之為烏雲、閃電、眾神、悶雷齊至、風雨騷動，極為具象傳神；〈詩老〉、〈詩觀想〉其五亦然，主張詩的誕生，非勉強可致。〈寫詩〉、〈學些叛逆〉、〈詩的厲害〉、〈詩的記憶〉，哀悼詩的墮落，寫詩淪為無聊、愚蠢、骯髒的騙局，不是競相標新立異，故作驚人之語，腥羶淫穢以媚俗，便是吶喊「革命、顛覆、解構」、「反體制」，驚世駭俗以贏得青睞（〈誰給我的匿名信〉），搞得詩壇烏煙瘴氣，面目全非。「課虛無以責有，叩寂寞以求音」，虛無之有，寂寞之聲，真情實感為詩之本體本質，讀詩寫詩首在區辨良莠菁蕪，〈詩觀想〉明示其津梁門徑；〈詩的兩國歪論〉從普遍的「誤讀」設想，作者咬文嚼字乾皺巴巴，讀者咬牙切齒血肉淋漓，一邊一國，全是詩的「誤區」；〈詩的記憶〉觸及價值性的檢討，曾經誤信詩是無所不能，以致於「被土石流淹沒的瞬間／仍以為你在引領我們走向伊甸」（其五），面對天災地變，詩一無所能，詩人束手無策。

關於詩人形象的勾勒，維妙維肖，鮮活如在目前。有〈天堂詩人二型〉，或厲行革命、摧毀爆破，叛逆到底，屬「自命不凡」型；或怪誕炫奇，冷不妨地落筆驚風，陰狠耍酷為其標記。還有〈詩人兩寫〉，唯前二型如雷似電，高調狂妄，此兩寫飄逸潛隱，低調含蓄。作者顯然貶抑前者，對於後者則心生嚮往，所以〈在李白墓前〉，寧靜地欽仰詩仙如江似海的才華，自覺「身高遠不如一根墓草一樣魁梧」、「只有養鳥的興趣我們尚可對話」，反觀其他人，動輒邀與共飲、同遊、唱和，向明甚至「不敢出聲」，其謙卑若是。〈天空——聞洛夫回台〉一詩，分四節每節四行，皆以「你的天空／永遠……」領起，激賞洛夫的壯闊波瀾、磅礡氣勢。雖是酬贈之作，卻能充分掌握詩魔的創作原型：超現實與形而上。末節云：「你的天空／永遠是雲蒸霞蔚不斷變換的天空／一次流放是一次昇華／雪樓熬夜後，下次鄉關何處？」洛夫的放逐與追尋，天涯行腳，日暮鄉關，構成其詩之主調；一次次的風雨磨難，一一化作詩空中的豔麗彩霞。向明與之頡頏交流，除了肯定，竟聞不到絲毫「相輕」之氣味。

此外，〈瞬間〉之九、十、十二、十三、二六、二七、三五，揶揄「詩人」身份，嘲諷咄咄空吟之無能，以及無知盲目、捕風捉影的可笑，互相標榜、吹捧揄揚的可悲。〈空房間〉有感於嶄新的二十一世紀，淺薄氾濫、乏味橫流，縱使是光怪陸離的超現實，也無法超越李杜盛唐，新詩市場冷清、詩人寥落，艱難處境甚於「駱駝穿過針孔」[7]；昔日冒著被禁足禁食的危險啃讀禁書的滋味，對照「而今竟墮落，須與整房寡味書冊為伍」，寧不備感虛空！壓軸詩相聲段子〈大與小〉，輕鬆幽默地表達嚴肅主題，冷眼旁觀那些喜歡「把自己做大」，爭逐座標位置者。以上都屬「詩人詩事」系列。

常語淺語藏深思

向明詩整體呈現「清而明」之風格，包括表現技法及語言運用，幾乎沒有模糊地帶，很少朦朧曖昧，不耍弄炫異，亦無牽強刻削之跡。《閒愁》題材擷取自生活周遭，文字素樸口語化；沒

7 《聖經・馬太福音第十九章》：「駱駝穿過針孔，比富人進天國還容易。」意謂富人唯有學習放下，如堯舜「視棄天下，猶棄敝屣。」始能進入天國，喻其艱難之至。

有亮麗的外衣，沒有驚心動魄的句子，也無艱澀難解的意象。捨繁複趨簡約，棄深奧就簡淺，拆除隱晦帷幕，以常語、淺語展現透明、澄明，且無損於詩之審美趣味。

詩人冷肅地觀照被物質蒙蔽的世間社會，審視現實人生的瞬息片刻，小詩〈瞬間〉即是閃爍靈光的聚集，也是深刻孤獨、憂鬱與虛空的外顯，如：「終於把那失聲的古琴弄響了／聾子說，你會後悔的／啞了就啞了，據說／續絃的聲音會充滿著哀愁」（其七），聾子雖不聞古琴響聲，心中卻十分明白，幸福是不會二度降臨的；「沒人相信，誰會相信／靈魂裡都預藏著一大片沙漠／那兒的乾燥／是我們永不腐朽的寂寞」（其十一），詩人的寂寞孤獨，翻開是，闔上也是，且永不腐朽；其三一，旨在「解禪」，禪非言語所能捕捉道斷，無所在也無所不在，能感能悟，觸處皆禪。

再如〈兩寫「地、水、火、風」〉，從宇宙形成的基本元素出發，思索存在的意義：「誰能規劃我們虛無的來去／／問遍所有的枯枝敗葉／都知道／這個不拘形跡的浪子／總是呼嘯一陣，而逝」（〈風〉），生命短如一陣風的來去，「一生／最先與最後的現身／都是燃燒」（〈火〉），畢竟灰飛煙滅。〈水〉第一節六行皆以「也曾」開頭，悵憶青春流逝，第二節云：「誰說那一波波湧來的／必定都是可愛的漣漪」，顯然生命的記憶與等待，慊恨多於歡樂；〈減重遊戲〉表現對時間的迷戀與疑惑，慨嘆時間的神秘、嫉妒、無情、吝嗇、高速競飆不留痕跡，且最終「會在自己內裡悄悄完成」，世間萬物都不能抵禦它的耗損、滲蝕。意識到人終有一死，謂「一切都是一場減重的遊戲」，面對不可逆轉的悲劇，不免陷入徹底的絕望，此外不能有任何作為。

〈魚〉與〈雄雞〉最是耐人思索。前作以「魚很坦然／終生堅持一絲不掛」起始，又以「魚可以自傲地說／一貧如洗也罷」作結，前呼後應，巧於比興聯想，魚成為清高人格的象徵，隱喻著唯有「一絲不掛」、「一貧如洗」，剝除層疊累贅，才發現內美充實、精神富足的「有餘」。後作：「不鳴則已／一吼／便喊出一個／火辣辣的太陽／／誰說詩一定要寫才算／抖一抖翅膀／富麗／絕對不輸三百篇」，雄雞一吼一抖，石破天驚、璀璨奪目，其聲音、色彩、動作示現赳赳精神、活潑生命。「天地有大美而不言」（《莊子》），其此之謂乎！這是生活中美的發現。

《閒愁》嘲弄世俗人情，批判種種欺世媚俗、頹敗歪風，映現詩人的儒心與俠骨；說詩論人，摒除純知性的邏輯分析及認知評斷，夾帶濃厚的詩意思維和理想寄託，不僅不是對詩的褻瀆，且是詩人的深度醒覺。至於詩形體式上的創新突破，則是拒絕停滯僵化，不拘一格地以實驗、先鋒之姿，預示詩的未來。換言之，《閒愁》是創作的激情和反思之結晶，詩人的苦悶愁緒絕非等閒強說。

目次

卷一　眾生合十

卷二 就詩論詩十四題

卷三　革命後段

卷四　把整座森林牽了出來

附錄　惠我的淙淙暖流

卷一

眾生合十

眾生合十

一

腰桿直不起來時

就彎下去吧

像麥穗一樣

勇敢地

向成熟低頭

二

踹我一腳吧！

或者

賞我一刀

要重，要狠

總之

沒有痛

木魚

就不會吭聲

三

悠遊卡

新世紀的濫好人

切記出門要把它忘在家裡

不然

兩隻腳

永遠缺乏

勞動

四

耳根
被噪音的洪流堵塞了
哪裡去找關閉的閘門

因之
再也不要隨身聽什麼的
饒舌歌了
除了母親的叮嚀

五

水蛭自信的說：
「我也算是蟑螂一族」
看牠到處趴趴走
確實有點可以矇混

斷垣殘壁中
赫見保麗龍填充
呀！上等建材
牠也敢冒充

六

青苔
對著岩石發飆
「請准我在你厚實的身上
永久居留。」

已被糾纏得混身疙瘩
岩石仍然裝聾作啞
像說
祇此一身
你看著辦吧

七

橫掃過眼前的天空以後
所有的窗玻璃
都被風擦得晶亮、晶亮

都在讚嘆
好個人間四月天

樹梢仰著頭想了半天
終於悟出
藉風使力，真還不賴

八

酒糟鼻

大紅點布袋裝

那人白癡樣

逗著，聰明的我們

笑彎了腰

站在高處的天使說

究竟你們

誰才是

真正的小丑？

九

總是想聽
張著大大的耳朵
最好是八卦或緋聞

可大象耳朵灌進的
是非洲咚咚戰鼓
兔子的耳朵很長
居然沒察覺
烏龜路過的腳步聲

我總奇怪自己
活到八十歲，還不會重聽

十

把自己做大
很容易呀
軟趴趴的汽球
只要吹一口氣下去
就會把自己做大

只有小學畢業的阿良
發財發福當上了名人
每當接受訪問，總說：
「當年我在北大唸書時……」
他把自己
一樣做得
好大、好大

按：「把自己做大」原文為「Be Big」，係一本教人怎樣理財，壯大自己的大書，也是股市術語。

（2010/3/26於台大杜鵑花詩歌節朗誦發表）

兩寫「地、水、火、風」

一、2002年篇

地

本來是不大好惹的

只是內部被你們的慾望
掏空以後
便身不由己了

稍一欠身　唉！
便被你們喊成
怎麼又是地震

水

從來不是風雲中的旗手
可常被翻攪成
不是泛黃
便是泛綠

最好別來激怒我
以圍堵
以土掩

最後可能的結果是
不知從那兒湧出的
土石流

火

一生
最先與最後的現身
都是燃燒

到時
我會把任何可能的羈絆
通通化成灰

只剩高溫
把你們崇拜的偶像
熔掉

風

入世

出世

一堆無聊無稽的遁詞

誰能規劃我們虛無的來去

問遍所有的枯枝敗葉

都知道

這個不居形跡的浪子

總是呼嘯一陣，而逝

（2002/10/25刊於「聯副」）

二、2009年篇

地

站在那裡
那裡便是出生地
　　　　　大溪地
　　　　　賣樂地
　　　　　羅曼地
甚至、風水寶地
或者
　　　無葬身之地

水

也曾泛濫成災

也曾乾涸欲裂

也曾遭牛飲

也曾被淺嘗

也曾濕透整生記憶

也曾汪洋無數世紀

誰說那一波波湧來的

必定都是可愛的漣漪

火

必須經過燃燒
形體才會閃亮發光

不走一次煉獄
哪來全身血性熾旺

哥兒們呵！
某才是專業的
製造灰飛煙滅的高手

不信嗎？
不妨用手一探

風

都靠他的吹捧
全賴他的翻攪
只要他一個轉身
腳跟軟的
全被他撂倒

不是不會溫柔
也曾在悶夏的一個午後
輕拂過妳的全身
讓妳無遮的
伸一個舒適的懶腰

（刊於《創世紀》詩刊2010夏季號）

譚「天」的詩六首

天真三題

一

彤彤指著我問媽媽
他那麼老
為什麼叫他外公？

我正做著愛因斯坦的好夢
方知凡天真者
才敢如此大哉問

二

用口水把臉蛋抹黑
用頭套把私處武裝
有人扮成包青天升堂模樣

四歲的小彤彤大為不滿
這種卡通不好看
我喜歡無敵鐵金鋼

三

下午五點世界在我家比武
冬冬扮成會飛的鐵金鋼
大戰彤彤勇猛的鹹蛋超人

小多多急了，請出金牌戰警
芝蔴街眾偶人群起示威助陣
最後出局的竟是主持正義的詩人

（2004/8/15刊於「華副」）

天候三題

一

暮色蒼茫中
一朵雲問另一朵雲
今天的運氣怎麼樣？

另一朵雲以雨滴嗆聲
景氣莫好啦！
半個天使也沒遇上

二

風來了，浪就來了
不能落地生根者，讓位
還想見風使舵者，迴避

漂木浮漚逐流而至
敗絮垃圾凌空飛來
這真是個囂張的世界

三

在為春天的勝利狂歡麼?
木棉樹又開始把盞了
光鮮亮麗得像個新郎倌

舉杯祝國泰民安
賜我祝福別用仇恨的眼光
縱然貧瘠也要在自家門前開放

（2004/6/7刊於「青副」）

天燈

如果那上面是天堂
已經霞光萬丈
瑞氣千條
哪裡需要你
不長明的燈火探空

如果那上面是天空
本已有陽光照耀
　　　星月爭輝
哪裡在乎你
只有一燭光的照明

如果那上面已是黑暗
一切發光體都已滅絕
黑社會已經成型
哪裡會夠用
僅發微光的螢火蟲

（2006/3/11刊於「人間」副刊）

天空——聞洛夫回台

你的天空
永遠創世紀般翻新的天空
石室可以死亡，血完成再版
惹眾荷喧嘩，掀巨石之變

你的天空
永遠超現實般微妙的天空
可以到灰燼之外，煙之外
與蟋蟀對話，遊戲玩到形而上

你的天空
永遠是中國傳統穹蒼的天空
取北美的雪水，磨徽墨的溫順
玉版宣上寫現代禪詩，練洛體字

你的天空
永遠是雲蒸霞蔚不斷變換的天空

一次流放是一次昇華
雪樓熬夜後，下次鄉關何處？

（2006/1/4刊於「中副」）

天問十則

作成紙鳶，飛上青天
要是高空失速斷線，怎麼辦？

蓋成巨廈，威震八方
如果遇上九一一硬撞，怎麼辦？

站上生產線當機器人
不幸斷電頭腦失靈，怎麼辦？

組成政黨，進入廟堂
萬一有人鬧起革命，怎麼辦？

包成餃子，丟進湯鍋
結果攪成一鍋稀爛，怎麼辦？

組成夫妻，進入洞房
不幸有人越軌出牆，怎麼辦？

作成絞鏈，安裝門扇
要是有人破門而入，怎麼辦？

達成協議，劃上花押
如果對方死不認帳，怎麼辦？

做上總統，掌握大權
最後仍接法院傳票，怎麼辦？

當個百姓，生活平淡
硬要邀去搖旗吶喊，怎麼辦？

（2008/4/13刊於《四方文學》週刊）

天理

回頭一看
你我的距離會越來越遠
遠得前面僅剩一線天

你很肥，身上會滴油
我很瘦，秤重沒幾兩
你是腿長的兔寶寶
我動作遲鈍如龜行
你很靈巧，我很智障
你總在上方、有順風的優勢
我卡在淺灘，有巨石阻擋

但是，你知道嗎？
你的優勢，正是你的包袱
我的弱勢，恰好我無負擔
所以我們的距離，會
越來越拉遠
遠得羅盤都指不清方向

對不起

這就是天理

（2008/11/14刊於《四方文學》週刊）

動物詩十二首

龍

在他鄉的平原上
我縮腿蹲著
一如我那老年失業的岳父
他們說「虧你屬龍，簡直不如蚯蚓」

親愛的，這是莫可奈何的事
切莫再盼有大唐盛世
龍困淺灘，非常正常
縱是蚯蚓，也難防啄食

（2009//9/6刊於「自由副刊」）

虎

不是唬的
也曾是隻吊睛白額虎
井陽崗上嚇服過多少膽小婦女

而今脫蛻成了將軍府的
虎皮椅
專門親熱威權的臀部

坐在上面的將軍自滿的說
不是蓋的
果真像是豬扮老虎

（2009/8/5刊於「自由副刊」）

豹

億萬次恆河沙數的
來回尋思，始終走不出
個性早已設定的囹圄

天賦的素質本就狂野
這身彩繪的曲線，傲骨
暴戾不出，何其辜負？
然這也是原罪，且是
昭彰的，最凶殘的惡名

其實尚只是懶散的蹲伏
只讓皮毛的亮點酌量放光
便被里爾克用幾行詩
將身形圈住了。從此

居然有那麼多孬種

畏縮地在外面

指指點點，胡言亂語

按：德國詩人里爾克有「豹」一詩，揚名於世，仿其手法寫詩者車載斗量，然鮮有人能出其右者。

（刊於《幼獅文藝》2009年11月號）

魚

魚很坦然
終生堅持一絲不掛
讓眾人眼睛鼓鼓的驚訝

魚從來沒有身外的配飾
像胸罩
像褻衣
像耳環
像乳膠護臀
或含在嘴裡的假牙

除了那與生俱來的
發光的鱗片
比美黃金甲

魚可以自傲的說
一貧如洗也罷

（2009/1/10刊於「聯副」）

蝙蝠

主要的是
每到黃昏的曖昧時刻
懼光的那廝
便在窗外瘋狂的亂竄
黑上添黑
擾亂我視線的分明

我說有問題
就請進屋來坐吧
他一溜煙的跑開說：
「你屋裡有燈。」

（2007/2/10刊於「福報」副刊）

豬的秘密

其實，作為一隻豬
可憐得沒有什麼秘密

每日開腸破肚
連腳腿上的每一根毛
都得斬草除根
膽汁也得吸去作藥用
豈敢再存什麼見不得人的秘密

問題必須問你們的是
你們總是罵我蠢
卻又每日不斷消耗我
剁碎且吃我的
最大秘密

（2008/3/13刊於「華副」）

鸚鵡

拜託你
不要想我對人說三道四
其實我也到處碰壁
常常就像這隻鸚鵡
因為學舌
誤入囹圄

別以為我的髮變白
眼變澀
手發抖
是基因突變。其實
那是傷，那是因為
總有條鍊子勒住腳踝
讓我無法展翅起來
像鸚鵡一樣
富麗堂皇

（2009/4/16刊於「詩生活」網刊）

牛年代言

我的一生耗在
沉重的腳步上
無盡的墾拓上
不斷的反芻上
俯首的認命上

不屈不饒的耗在
生命的蔑視上
不吭不喊的耗在
刀俎的無情上

最後
還要化成齏粉
剁成肉泥
一丁一點消耗在
你們的舌尖上

（2009/3/28刊於「聯副」）

天鵝

「總算看到天色了！」
一隻垂死的天鵝
瞥見一線微弱的亮光
安慰自己說

這時，它的頭
實際已無力地插進
暗黑的水平面

誰都有夢相隨呵
即使一生榮耀
苟活到
垂危

（2007/7/10刊於「人間副刊」）

烏鴉

最好免開尊口
一張嘴
便會認為是
必有凶兆的黑話

誰叫你是烏鴉
狗嘴裡哪能長出象牙

這是一個亂塗鴉的時代
既然出身即是黑戶
那還不是
「白」口也莫辯嗎？

（2008/11/22刊於「華副」）

雄雞

不鳴則已
一吼
便喊出一個
火辣辣的太陽

誰說詩一定要寫才算
抖一抖翅膀
富麗
絕對不輸三百篇

（2006/12/19刊於《福報》副刊）

尋狗啟事

名字叫做皮皮
約克夏第N代的後裔
和我們一樣中規中矩
吃喝拉撒睏我們同步進行
時常，我伏案寫詩
牠倚在我腳旁打呼

偶爾牠抬頭望我一眼
想是夢中遇到了謫仙
遞上來一則遍尋不著的詩句
這時，牠不但是我的狗友皮皮
簡直是我等待的繆司
衹是那亂毛線一堆的長相
好像是歷盡滄桑的退稿
不像是首好詩

這天早上、我蹣跚下樓拿早報
皮皮也照例悄悄緊跟
早報上藍綠兩隊打得吠聲吠影

我扶樓而上緊盯紙上演出
直至回神皮皮已無跡他去

天！誰大膽竟敢擄走我的謬司
今後誰來接手牠尋詩的任務
煩勞各位仁人君子、天使神明
替我找回皮皮、一定重酬好處

註：本詩曾列印並附皮皮照片張貼住處傳統市場，結果被環保隊員撕去，並以亂貼廣告罪名，罰我新台幣一千二百元，已乖乖繳交。

（2006/1/31刊於馬尼拉《世界日報》副刊）

卷二

就詩論詩十四題

詩難

如何認識一首詩
小松鼠說「看我的尾巴指示行事。」
一個箭步就跳不見了
原來詩是這樣難抓住

如何認領一首詩
北風說「跳上我的肩頭帶你去。」
跟著呼嘯一陣之後
落腳的地方只剩一片荒蕪

如何寫出一行詩
星辰說：「沿著我的方向尋上來便是。」
那上面苦寒，殞石亂飛
落得一身淒冷，沒尋得半截詩屍

（2008/9/9刊於「人間」副刊）

寫詩

是一件毫無道理的事
憑什麼把初夜落紅說成灼灼桃花

是一件很骯髒的事
故意露出底褲或屁股顯出自己成果豐富

是一件不道德的事
為何總要揩李杜的油，偷吃卡夫卡的廚餘

是一件極丟醜的事
明明效顰卻說苦思，抄襲是不小心過失

是一件騙盡天下癡呆的事
頭腦顯然弱智，居然宣稱在寫禪詩

所以，職業欄裡早就淘汰掉詩人
所以，理想國絕對禁止詩人進入

所以，詩人所到之處有人吐口水
即使被趕到懸崖邊也沒誰去阻止

（2008/10/19刊於《四方文學》周刊）

得詩

大師手記裡預藏著一首詩
不知事先或事後怎會被淚濡濕
字迹模糊得像一隻癱軟的老虎
我用螺絲起子
也戮不動其中的一句

我請教二大爺該怎麼辦
他最會解讀二大娘複雜心事

誰知二大爺連同螺絲起子
一起扔了過來：
「你太看得起我了
像這樣的天塹
豈是我輩肉身混得進去。」

（2008/9/21刊於更生日報《四方文學》周刊）

詩老

很邪門的一件事
寫詩，越來越像便秘
要是偶而淤濕了一條褲子
肯定是偷嘗了澀果
不知所措的開始
瀉了秘

沒錯
詩是人體的分泌物
與眼淚
鼻涕
汗滴、口水無異

祇是到老來
一切並不如當初順利

（2009/3/23刊於《自由時報》副刊）

學些叛逆

從此不再吃顆粒短小的乖乖
今後要改吃胖胖肥肥的旺旺
必得將詩注射一點雌激素
詩人不免也得吞進幾顆搖頭丸

去他的溫柔敦厚
管他啥的克己復禮
向反對黨學習蠻不講理
向死硬派抄襲忘恩負義
要鴿哨把聲音拔高
超出噪音取締的標準分貝
求鹽務大臣撤銷定量配給
鹹死你們這些重口味的頑固兄弟

要瑤瑤的胸再墊高一點
讓眼球滾動加速，一下就掉入地獄
要打就打古寧頭一樣的硬仗

要喝就喝濃如凝脂的血漿
要唱就唱
大刀向鬼子們頭上砍去一樣的高亢

學些叛逆
做些不一樣
耍幾套猴兒拳
誰要耍賴裝孫子
看我把他，也不會怎麼樣

（2009年七月《衛生紙》詩刊第四期）

詩無能
——給汶川地震鄉親

面對汶川那麼大的災難
你們詩人，寫一首詩吧

我說「我現正患詩無能」
遠不如把白淨的稿紙，遞給
那位喪子失孫的老奶奶
擦眼淚，遠不如我執筆的手
拿起鐵鍬救出水泥塊下的無辜生命

也是快七十歲的老妻
一邊看電視一邊擦眼淚嗆我說
那些空口白話的詩免了吧
我去烙幾十張餅給他們吃
缺水缺糧、活命要緊

才讀國中的小孫子瞪著大眼說
「汶川在大陸四川咧！
我們在台灣怎麼送去？」
這時我們才猛醒、不但
詩無能、人也無能

衹得無奈的決定
捐一日所得，聊表寸心

（2008/5/27刊於「中華副刊」及「北京新京報副刊」）

詩的兩國歪論

詩人錯位到獅子國去講詩
獅子和詩人素不相識
真是相見爭如不見
獅子正忙於吃血肉淋漓的雉雞
詩人癡癡的杵在那裡
像一根立柱
上面的楔形文字，獅子根本無暇一顧

詩人宣稱那便是他們的產品
獅子們根本不看，也看不懂
詩人說，這便是詩的特質
讀得不咬牙切齒，就像獅子啃骨
便味同嚼蠟，失去價值

所以，這兩個國家
始終相安無事
不用簽什麼和平協定

獅子們忙著吃血肉淋漓的獵物
詩人們勤於寫乾皺巴巴的詩

（刊於《乾坤詩刊》五十一期）

天堂詩人二型

雷

我是囂張的怒漢
專對囂張的尖子囂張
誰叫我是雷
雷的性子就是暴躁
就是怒吼
就是革命，就是推翻

你聽隱居天堂的詩人
用聲音發表詩時
就是掀桌子
摔板凳
一幅叛逆的模樣

電

我是溫柔的殺手
聲音未到命便毀於一旦
因為我是電
總是披著亮麗的外衣
內藏陰狠
眼放寒光

你看天堂裡荷電的詩人
寫詩
總是冷笑灼人
猛然落筆驚風
一幅耍酷模樣

（2008/11/23刊於《四方文學》週刊）

在李白墓前

我不敢出聲
在李白墓前變得更安靜
不敢承認我是他的後輩
不敢高攀他是我的典型

沒有跟他人一樣起鬨
買酒來澆淋墓塚三匝
據說可以帶來好運
我不要好運，聞酒就醉
永不可能步斗酒詩三百的後塵

我的ＩＱ和ＥＱ都比他差
學不會吟清平調，跳霓裳羽衣舞
在李白的墓前感到更卑微
我的身高遠不如一根墓草一樣魁梧

再者，已沒有帝王會拿龍巾拭吐
也沒有甘於下賤的高力士脫靴
我再積極也做不到筆落驚風雨
在李白墓前我急著回家
只有養鳥的興趣我們尚可對話

註：李白墓在安徽當塗採石磯畔，2006年中國第一屆詩歌節在該地舉行。

（2008/7/13刊於《四方文學》週刊）

詩的記憶

一

你的面貌
一片模糊
唯一清晰可見的
只有那一堆
奶油狀的稠黏
鼻屎

唉！那也就是
最觸目的
所謂歷史

二

要認識你
其實很簡單
打開報紙最耀眼的頭條
總是因為你昨夜做愛不爽

走在街頭，你的名字
像吸乾的空罐筒
被人踢得四處滾動

其實你的名字
大家耳熟能詳
每次夢遺時都速記在床單上

三

椅子為屁股出走而折疊
房門為遮住真相而虛掩
拉鍊為叩住私處而緊繃

哨子為捉拿人犯而苦叫
銅像為群眾星散而獲救
號聲為喉音堵塞而暢通

你沒被繪圖懸賞通緝
卻時常處決在
帶髒字的眾人口中

四

有時，你的分身會出現
出現在曖昧不明的神龕
儼然像人，更像神
然而頭上有角，火眼金睛

人們不會忘記你
就是因為你與眾不同
你能做到別人不能的成功

這現實唯搞怪是崇
唯正常是病
唯醜陋是偶像
唯聖美是惡人

五

在你沒有顯靈之前
在我們不感奇怪之後
這中間無人的潮間帶
是你一句咒語的誕生麼？

那麼我們真的不願記起你
徹底忘掉近身海水倒灌的窒息
真理粉碎在消波塊上的險象

真的永不再記起你
免得終其一生
被土石流淹沒的瞬間
仍以為你在引領我們走向伊甸

（2006/5/29刊於「中副」）

詩觀想

一

寫詩如屠宰
須從要害切入
非如捫蚤
僅在表皮上抓癢

最好深入內臟、發現贅疣
或揪出
混蛋醫生留下的、止血剪

二

詩人在趾高氣揚誦詩
詩卻風箏般放逐到了高處
留下滿地的語言垃圾
讓一堆無知的天真在那裡
如醉如癡的撿拾

從不知道、那不是
健康食物

三

「當你有能力時
拉我一把吧！
不要讓我在無盡藏中沉淪
我們要振臂高舉，呼叫
詩的誕生。」

在公車顛跌中
我看到一則忠告
「GAT A GRIP！」
是說：
「先把手中的吊環抓緊！」

四

詩是
思想情緒的放風散步
思想漸凍的人
淚已凝固，笑也走失
詩已被自己的冥頑禁錮
哪能隨意
嘔吐出什麼心情故事

五

常認為到我這種年齡
詩也是生理上排洩的一種
遇熱會流汗
痛苦要流淚
受寒會打噤

看到幼稚無知
總會
忍俊不住

六

靜到乾淨
淨到清靜

好詩的血壓總是自動調整

而寫詩是一種慢性病
長期折磨
長期有癮
長期亢奮
還沒有高效的預防針

七

「堅持把寫詩當作個人修行
遠離可疑的整體行動。」
年輕的王家新在「盤峰論戰」
多年後，有此省悟

怪的是，我在被猛刺幾刀後
老妻也勸我：
「以後沒營養的地方，
少去！」

註：「盤峰論戰」係指1999年4月，中國大陸的所謂「知識份子」詩派和「民間寫作」詩派，兩種不同立場的人，在北京平谷縣一個名叫「盤峰賓館」裡舉行一場詩的辯論。

（2006/12/12刊於「中副」）

詩人兩寫

詩人一

看見你時
總是不良於行的一種氣候
從鄰家阿良的
那雙淚眼中

看不見你時
好想你時
四樓的高處總會提醒
當你把一卷畫冊
攤開
就那麼瀟灑走入風景

你在哪裡
你去哪裡
誰也不會過問

可以想見的是
在振翅欲飛之前
你總會
帶有某種響動

（寫於1976年7月4日，收入詩集《青春的臉》）

詩人二

詩人挺立如樹
總是，風來葉擋
雪壓枝撐
腳步，半寸也不
挪移

絕不挪移
即使
地球開始，鬆動

（題於2006年7月20日廣州黃埔國際詩林）

催詩

烏雲掩飾不住烈日的囂張
惹火了一兩張紙薄的閃電
眾神還來不及回應過來
悶雷趕忙輕聲打了個圓場

捕風捉影的詩家頓覺茫然
只好學着老杜的口氣
「咦！這沒來由的騷動
怕是春雨在催詩下凡？」

註：杜甫有詩云：「片雲頭上黑，應是雨催詩」。

（2010/6/8刊於「聯副」）

詩的厲害

那純粹是以鈍器
攻堅進去的
任何雌性動物都知道
這是詩的厲害

確定只有這傳統武器
那無情的碰撞
那無厘頭的鑽研
才能把一切失魂的亂碼
整肅得服服貼貼

就像那婆娘
現在，躺著的那樣

（2010/11/25刊於「自由」副刊）

卷三

革命後段

革命後段（二行體廿節）

本來還在嗶嗶叫的哨子
一下子就被寒風吹啞了

可憐多人擁護過的廣場
只剩，孤身獨守的銅像

高呼反恐反霸權的群眾
反被更霸道的子彈咬傷

自由便頃刻翩臨廣場
啄食的鴿子驚呼天下唯我獨享

紅綠燈兀自交相打趣
無人的路口，剩遊魂獨自來往

不到黃昏，蝙蝠便四處遴巡
搖身一變，為有翅者，嗆聲

所有的招集動員設蘸都收攤
瞻望偷窺的窗口也都垂下了眼簾

皇帝溜回養心殿吃荔枝壓驚
主教回到小教堂，跪向瑪琍亞長懺

被踐踏的花草茫然究竟招惹了誰
紀念碑仍挺身堅持一貫的方向

環保義工一陣體力消耗之後
再聳動的口號標語都一舉掃蕩

篤信明天會更好的阿Q
流落在高壓噴水車旁引咎受洗

正義癱坐在墊過屁股的報紙上
公理掛在一排枯枝搖晃

烏鴉坦承必須極度伶牙俐齒
才能戰勝這場人獸混戰

唯入籍荒誕，埋首沙堆作隻駝鳥
口水始不會回噴到臉上

拒絕污名比拒絕野外做愛還難
目盲五色只為誤入雜交的染缸

一群性飢渴寫在臉上的男女
瞧著無人的空曠，哀嘆

英雄們如何向風雨交代呢
都曾瘋狂主動配合興風作浪

喜鵲說牠即將閹割自己的舌頭
為整個歌頌的失控作出擔當

群雛驚慌失措的折翼在一起
從聖戰中心逃難到了飢餓邊沿

老獅王被貶到了蠻荒
欲哭無淚的吞下失勢的苦難

（2005/11/6刊於「中副」）

空房間（五行體八節）

假使房間都空著該多好
至少在走向如廁的路上
不會隨手拉上比我更虛弱的左拉
米蘭昆德拉的過敏鼻涕
不會擤在我的臉上

蘇珊・桑塔格不是已經走了嗎？
可她的聲音仍然充塞在我房內
我這午夜可聽青蛙喊痛的房間
壁癌和白蟻和書爭地盤的房間
那一樣使她發出反後現代的聲浪

日照擠不進這個空間
知識的詬語響得比陽光還燦爛
高老頭這類死靈魂早被塵蟎封口
孔孟家族的言論陳年如含鉛皮蛋
雖鮮美兮卻不敢嘗

如果房間都大方的空著
像剛被小偷闖過空門
大仲馬的基度山恩仇便不再搬演
誰再管安娜卡列尼娜臥軌殉情
一隻雜種狗野性的呼喚無人聞問

著書的隱地說男人都快馴成家禽了
這成排充滿智慧眼睛的房間
看來更像樊籠
虎視眈眈的跟監我懦弱的舉止
眼再澀也得讀點道德經或朱子家訓

一蹶不振的詩在這滿是蠹魚的房間
繼續存活難比駱駝穿過針孔
再光怪陸離的那個超現實
也越不過李杜風光的那個盛唐
一本六十年代詩選大嘆時不我與

越來越貪戀虛擬實境了
整房的經典也抵抗不了機靈的滑鼠
輕輕一指便看到莎弗剛出土的情詩

看它衝破兩千六百年歷史的塵封
仍暴出行將就木與青春年少的對峙

想起當年房間尚祇是慾望的代名詞
只要一冊薄薄像餡餅樣有內涵的書
哪怕發現會禁足，或禁食
都會比擁有一整棟華廈還心服
而今竟墮落，須與整房寡味書冊為伍

（2006/1/4刊於「聯副」）

誰給我的匿名信（五行體九節）

老老實實掙扎了一輩子
老向，你要慢慢認清你自己
別學老子我、後悔從來沒學歷
何妨造張假文憑，冒充北大人
騙別人也壯大自己

要作就作一個反體制作家
要寫就幽冥通用的語法
你才有希望被專家青睞
被選為大師，或世界第一
要瞭解這世界不能玩真的

絕對不要相信上帝、喇嘛或比丘尼
包括他們的經文、禱詞、咒語
也就是都太天真、太盲從
沒有那個神祇，菩薩會信以為真
否則，要他們何用

記住不時要向傻蛋敬禮
羨慕聽障者、讚美目盲者
這年頭「六根」只需留其一
祇要有一處靈光
便可少去其他五根的麻煩

別相信你真的會「向晚愈明」
也別把醫生說的，你八十歲身體
三十歲心臟當真，那分明是
老萊子戲綵娛親，認清自己
絕對強過擊敗敵人

傳授你一個成功的密笈
要革命、要顛覆、要解構
適應這時代三者不可缺一
慣習已把我們的老本虧損
破產之後才能扳回血本

別嚷嚷每天睡眠太少
不用怕膽固醇太高
書房裡的書快把房子擠爆

就請蔡國強用火來燒
文明必須靠毀滅來再造

你這人就是太牢靠
思想單純得比失智者還糟
唱一遍安魂曲吧
絕對可以把不舉治好
不要再相信什麼龜苓膏

海客先生說你有點壞
我看他是把你低估了
你本來不只有點壞
可以說壞到與撒旦比高
只是被愚頑淹沒了

（2009/11/29刊於《四方文學》周刊）

減重遊戲（五行體十節）

時間，我放棄不了你
我已被你那長短不一的矛
所挾持
尤其你那沉重的腳步聲
威脅我遲鈍的心跳與你同步

你總是妒忌那些原始天真
花一開，就笑得那麼浪漫
鳥可以無障礙飛行
陽光的花環居然套上喜憨兒
那些呆滯的面孔

你似乎很不同情弱勢
老殘搶食廚餘那麼容易滿足
用藏頭詩威權地暗示，此生
惟有循此領頭的一字
東拼西湊寫自己難看的一句

你擁有的資源最豐富
卻吝於在秋天的胸前
劃十字悲憫一切成熟必萎落
在插管維生的旦夕間
你總忘記一句甜味的禱詞

你總在暗中竊笑
用煙火的璀燦掩飾變臉的尷尬
每每不忘在國殤日宣佈大赦
假意地表達你對撒旦的不忍
沒有哪一首讚歌會像你走音

看似毫不留跡的你
卻在剎那牆倒屋塌之際留下大體
波濤洶湧時以立姿顯出原型
原來你的猙獰廣被敷以廉價脂粉
連季節也化裝矇混

愛著他的人，必定也愛著你
他是速度，你是油門
你倆狼狽競飆的結果，這世界

被高速扭曲變形得無法追認
而你肯定是泛時差的虛無統領

一切都是一場減重的遊戲
調酒師恐懼失手的擲瓶練習
誰都怕在上風練歌
萬一某高八度音落在寂寞海裡
這世界迄無打撈虛無的消息

周遭總在不停的爭吵
吵完內褲上紅色是否即已破身
滿嘴滿耳塞實異味的香精
只有風在外面怒吼
哪一種價值是在口水中誕生？

誰也不要和積習打賭
我們已被慣習捆綁了上半身
腳雖尚能行走
半步也踏不出久已設定的指令
時間會在自己內裡悄悄完成

（刊於「文訊」銀光副刊2009年1月號）

斷章（六行體四節）

一

頭仍在痛
那個快要斷氣的人頭仍在痛
靈媒說，他的塵緣未了
牧師悄悄告訴家屬
他的枕頭底下藏有幾錠碎銀

忘了給當年的小親親

二

我是不太愛與你搭訕的
因我們道不同
我說的洛陽
絕不是你嚮往的長安
我說過天橋，你叫走立交

如想邁過中線見你，還得繞道

三

你要認輸麼？
一枚泡沫的勳章已掛你胸前
划上獨木舟
你便是海洋之王
四圍整天護衛你的是風浪

驚濤的口號喊得震天價響

四

你說只有太陽
能治好你長年的憂鬱症
給你鍍上一層光
便是耀眼的金色黎明
太陽能簡直是摧情的賀爾蒙

然而，眼前總是烟雨濛濛

（刊於2009年夏季號「The Taipei Chinese Pen」）

瞬間（四行體三十五節）

一

窗台上佇立的一隻蝴蝶
沒有看出我有點驚慌
那斑爛，瞄準著我
子彈樣在眼前亂晃

二

風一來，這朵花
就和那朵花，你推我擠
佔住一個好點的角度吧！
最好，將來能雨露均沾

三

不停的摩擦自己，像打火機
用姆指一捺，用力再捺
一定要捺出一點火苗來
一定要點出一盞光明來

四

肯定誰又在我體內
作置入性行銷
只一眨眼，腦葉的夾層內
多一大捆消化不了的詩稿

五

這一刻是我們王國的復興
一群燕子高踞屋檐發聲
我不敢說那裡也是我的領土
因有人控我也是化外之民

六

怎麼爬上來的呢？這五樓
一隻背著屋頂流浪的蝸牛
怎麼爬上來的呢？這五樓
滿都是趴著的書，給誰讀？

七

終於把那失聲的古琴弄響了
聾子說，你會後悔的
啞了就啞了，據說
續絃的聲音會充滿著哀愁

八

很多很多都突然非常熱鬧
寂靜的僧房不再穹遼
然而，小僧說要遠離三界
乾脆念三藐三菩提禱告

九

抽出一張另一張又已露臉
寫詩真像抽取衛生紙一樣方便
那上面的字又彷彿聲音相同
帥哥說適合寄給歇業的詩刊

十

詩能使世界起死回生嗎？
問落葉，回以焦黃的臉
問春花，不屑地瞄我一眼
我知道這是神也無能為力的事

十一

沒人相信，誰會相信
靈魂裡都預藏著一大片沙漠
那兒的乾燥
是我們永不腐朽的寂寞

十二

如果寫出一部書
上面沒有一個字
多好。盲者和弄臣都會說：
「這片版圖，寶藏多豐富！」

十三

聒噪了半天之後
一群麻雀便星散了
什麼結論也沒有
除了一地的污穢和腳印

十四

限水，限電
限時，限建
一切都限死以後，沙漠
才會冒出那麼多仙人掌

十五

有人放款到明月
有人投資在青空
有人兩手空空的賒賒欠欠
有人就卡在欲念的窄門

十六

水深魚影少
風淡漣漪生
會唱歌的黃鸝鳥兒呵！
常浪漫在小小的籠中

十七

月亮上獨居的那女人
總透過防盜窗向我打聽
你們那些向上硬挺的煙囪
何時會不舉？

十八

洋蔥刺眼的下午
看台上奸巧表演的下午
一〇一摩天樓傾斜的下午
老婆婆偷吃廚餘的下午

十九

如何進行蟻穴的人口普查
如何測出蚯蚓地道的溫濕
如何節制滑鼠對人工智慧的凌虐
如何回答基因改造弱化造物的指控

二十

黑夜說我已把黎明吐出來了
從此你們要進行修補陰影
白晝卻把太陽巨獸放了出來
讓黑暗衹能在隙縫中生存

二十一

不要和我們侈談慵懶
熄燈後，黎明前
衲衣抖落時
仍會爆出我們激情的叫喊

二十二

我們也曾拋出了一些語言
我們也曾飛出了一種姿勢
仍有人詰問，鷹，是哪一路英雄
練武當，還是，專攻少林

二十三

落葉朝著秋風嗆聲
你還在找尋什麼？我已飄零
秋風說我仍在尋我春天的夢
落葉含笑的撩衣下沉

二十四

加農炮的射程，絕對優於
手榴彈的射程，吐口水
射精的射程，然威力總小於
恨意凝成比奈米更尖而銳的射程

二十五

我們被他們撞得散落一地
他們立正稍息，向右看齊
他們報數，一二三四五六七
像在數我們失散的豆子兄弟

二十六

詩是海浪滔滔
詩是纖纖細雪
詩是老奶奶陳年的裹腳布
詩是自助餐點，口味任君挑選

二十七

這也是此地的一景
醜又怪的一幀裝置藝術
特意戴上頂詩人帽子
卻正適合鴿子在上頭拉屎

二十八

超越語言，鍵盤，滑鼠
跨越小菌子要長高的微言大志
帶著上帝嘉許的少量恩賜
作一次免消費的太空小駐

二十九

請別叫我乃寫散記的亨利梭羅
應該問我這會兒怎麼特別囉唆
因我並不坐在幽靜的瓦登湖畔
而是處身叫賣嘈雜的士林夜市

三十

你說你要開始佔領，不斷
透過我已無力的聲帶發聲
其實我的白旗早已豎在髮梢
內部組織早已被你破壞殆盡

三十一

你問：「禪在哪裡藏著呀？」
去問夏天盡說「知了」的蟬
忙完爬行懶得答理蛇便進入冬眠
才發現禪蹤就在春秋的樹枝上

三十二

父母官在我紙紮的頭上點了一下
他們說那便是開光點睛
在香煙繚繞，一片嘈雜聲中
我並沒看出前面春和景明

三十三

決不相信大雪能壓垮我們的脊梁
雖它施以百年未有的能量
但也相信一場雪的洗禮
足以治癒久年難以起身的癱瘓

三十四

誰也無權宣稱這是我的土地
除非山嶽讓開成為平原
除非大海撤走變成綠壤
除非，我們的貪欲抑止釋放

三十五

如果麥子不死哪裡去收割地糧
詩人的叮囑仍在晴空響亮
我衰老的餘勇只夠捏死螞蟻
詩的祖國已開始強大掙脫苦難

（刊於北京《詩探索》年刊2009年第一輯作品卷）

卷四

把整座森林牽了出來

把整座森林牽了出來（朗誦詩、七行體五節）

前言：〈把整座森林牽了出來〉這首童稚味道的詩寫了出來，只是想著世界上的許多東西，都是默默在苦守自己的崗位，做著它們本份內的事情。難道它們就沒有理想，觀念和慾望？難道它們沒有想要跳脫那塊已經站得腳發酸的地方，到別處去逛一逛，呼吸一點新鮮空氣？我想，凡屬是生命都會有的，只是他們表達不出來。或者它們的表達，我們看不懂。我願用我的詩表達出它們的理想。我願用手把它們牽了出來，就像牽著我的哥哥弟弟，姐姐妹妹一樣。雖然這祇是我的突發奇想。

我差點把整座森林牽了出來
我差點把所有樹木帶出深山
秩序井然，像帶領著幼兒園
說說唱唱，看到詫異的新氣象
像摩西帶領以色列子民
分開紅海的波濤和偏見
高高興興，走在牛奶和蜜的路上

那些樹都是頂天立地的漢子
那些樹一生一世守住一小塊天空
那些樹寸步不移的頂住遠方誘惑的彩虹
那些樹從不嫌土地母親不夠吸吮的乳汁
那些樹永遠天真做綠色的大夢
那些樹也永遠要受冰雪的侵凌
那些樹從來沒有遊山玩水的可能

要是春天，讓出根鬚順利出走的通道
要是冬天不霸道，讓泥土提早解凍
要是所有的風都溫柔地將樹拔起騰雲
要是所有的樹葉翻飄都像在順流划槳
要是樹也像毛毛蟲變成有翅的蝴蝶
要是鳥的翅膀能搭載樹飛行一程
要是眾神的慈悲讓樹也是普渡的眾生

要不是萬有以引力，拖住樹不可亂動
要不是樹的呼吸有讓地球存活的肺功能
要不是樹的根鬚點滴滲透，水庫就會渴死
要不是有樹葉張開庇蔭，小草會乾枯沒命
要不是有森林可藏身，大黑熊也會滅種

要不是樹木在陪伴，鳥怎會唱得如此高興
要不是有樹的堅定不移，何來詩人的苦吟

我好想把整座大森林牽出深山
我好想把困居在山野的生物釋放
我好想把自己的纖弱脫掉換身強悍
我好想不光說好想而是挺身促其實現
我好想我不是我，是上帝是佛陀是真主
我好想我有法術讓整片森林變成一張大魔毯
我好想自己是一片小樹葉隨著魔毯自由飛翔

（刊於《幼獅文藝》2007年六月號）

來者見招（輕型武俠詩、共七招）

第一招

無聲，鐵沙掌至
無影，掃膛腿來
三秒之內，見血封喉
五步之外，取爾首級

據說有人聞風喪膽
加強戰備，準備還擊

哈哈，免驚啦
不過是一時心血來潮
　　　　　運功集氣
佈局一首輕裝詩
　　　　如此而已

第二招

其實，怯弱如我
早已只有扶筆之力
何況，這根帶銅聲的瘦骨
不論誰唸幾聲往生咒
都可把它斬成數節
怒擲於地

然而，當我拾起
耍成手上的三節棍時
便可，虎虎生風
　　　上打昏君
　　　下壓饞臣了

這也是不得已的
一招呀
君本氣功蓋頂人物
豈會在意

第三招

有時慈眉善目如淨水揚枝
灑下滿天花雨
有時卑恭屈膝如殘花敗絮
任隨風的漂移
有時暴躁剛烈如逢春枯木
一股勁兒向上躍起

想逮住我的尾巴吧
那是反智的
你會被我的愚頑，捉弄得
對自己的左支右絀
猛地掌嘴生氣

第四招

點亮我的燈
不要，點中我的穴
假想我是敵人的
最終，會像近水的柳條
彎腰向我啼泣

我是一棵樹站在這裡
樹是從來不與人為敵的

樹也從來沒有任何招式
總是，風來葉擋
　　　雪壓枝撐
腳步，半寸也不挪移

第五招

劍不在鞘裡
偷跑出去替道人除妖

刀別在腰間
騰出雙手忙著為別人施洗

子彈卡在槍膛裡
彈道中擠滿的全是黑道

有心耍兩手螳螂拳
剛一抬腿自己就閃了腰

如此武裝不了全身
難道就等死不成？

有了！第五招失靈
臨時周轉，動用第六招

第六招

此時，我正跌坐在銀河右岸
獵戶座的腰帶上
見識，一朵雲
硬把另一朵兄弟雲折成凌亂
然後兀自風流雲散

此時，太陽系正散發溫暖
以光牽繫出一條牛奶和蜜的路
頓使普天之下盡歡顏

我發現，此時最需要的招式
寧向太陽學習巨掌的寬厚
捨棄烏雲假性的慈祥

第七招

有人探頭偷看
越過籬笆
看我在不在家

他們沒看到人影
發現一地頭髮
但他們懷疑那會是董某的？
除非，除非那老小子
不敢出招、卻出了家

我在醉中聞訊大笑三聲
使的鬼剃頭的那一招真靈
在他們正忘形得意時
帶回他們全部的頭髮，示警

（刊於《幼獅文藝》2006年6月號）

大與小（詩相聲段子）

出場人：
甲詩人（向明主場）
乙詩人（白靈捧哏）

（這是一個詩歌節詩朗誦表演的場合，出場人是以爭吵的方式出現。當司儀報告請甲詩人出場朗誦時，乙詩人即站起來很不服氣的跳上舞台說，慢著，慢著，怎麼他那麼老，說話都口齒不清，要他先朗誦，他又不是大詩人。）

甲：大詩人？大詩人都到開幕典禮去接受歡呼去啦，這裡讓我們來與大眾同樂、聽聽南腔北調的詩朗誦，就算獻醜，反正都是自家人，人家會原諒我們。您別不服氣，我也大呀！我年紀大，我的攝護腺肥大，心臟擴大，一個頭兩個大。

乙：別那麼酸溜溜的，反正你們這些老傢伙，怎麼也大不起來了。

甲：誰說的？我是大詩人的備取，只差一票就是大詩人。

乙：只差一票？誰敢不投你那一票。

甲：我自己。

乙：你自己？那你自己那一票投給了誰？

甲：我投給了大荒。

乙：大荒？你說就是那個寫〈台灣第一張犁〉的大荒？他為什麼大？

甲：他的名字就有一個大字。你知道大陸東北有個北大荒，還有個南大荒嗎？那些奇寒的地方，就是過去不聽話詩人下放，勞改的地方。他還敢取名「大荒」，可見他的膽子很「大」，他也寫過一首「大」詩叫做〈大法術〉，副標題叫做「一杯水主義之二」，您知道什麼叫做「一杯水主義」嗎？

乙：知道，但不能講，這裡女生太多。那你還投給了誰一票。

甲：林燿德。

乙：林燿德不是死了嗎？

甲：就是因為他死了，活著我還不投給他。你難道不知道「死者為大」這個古訓嗎？

乙：你還投給了誰？不是每個人可以圈十個你認為夠大的詩人嗎？

甲：我還投給了「大長今」。

乙：大長今？你有沒有搞錯，「大長今」是部紅透半邊天的韓劇吔！

甲：這你就不知道了，寫「大長今」劇本的人，年輕時也寫過詩，因為詩沒有人看，詩集是票房毒藥，他趁早改行寫劇本，所以一炮而紅，現在不但風靡台灣，連在大陸日本也紅得發紫。

乙：那你還選了誰？總不會又是死人吧？

甲：不錯，又是個死人，但不在計畫圈選的一大堆人之內，比計畫圈選那一堆人中的部份死了的詩人，又遲死很多年。

乙：那是誰？

甲：那就是有「新詩播種者」之稱的覃子豪先生，他是過去現在很多大詩人的老師，難道不值得我去補他一票嗎？

乙：值得、值得，他有哪幾大？

甲：現在我念一首他的「大詩」給你聽：

大海中的落日
悲壯得像英雄的感嘆
一顆星追過去
向遙遠的天邊

黑夜的海風
刮起了黃沙
在蒼茫的夜裡
一個健偉的靈魂
跨上了時間的快馬

乙：這是覃子豪老師的名詩〈追求〉，曾經風靡一時，應該，應該投他一票。想不到你還是一個很念舊的人。失敬，失敬。現在我問你，我們鬼扯了這麼大半天，到底是幹什麼來的？

甲：當然是要我們來朗誦詩的，不然我們能幹什麼？

乙：朗誦詩？你也會朗誦詩？你那滿口湖南土腔，咬字像驢叫，也能朗誦詩？

甲：你不信？我不但會朗誦，而且會唱。

乙：鬼才相信。那你先朗誦一首詩我們聽，看是否會把我們大家都嚇跑。

甲：好！那我先朗誦一首天王詩人洛夫的詩。

乙：慢，慢，你說洛夫是什麼詩人？

甲：天王詩人。

乙：天王詩人是什麼詩人？跟托達李天王一樣神嗎？

甲：你真是孤陋寡聞，在我們這岸選十大詩人的時候，對岸正在作「天王詩人」的普選，結果選出了三十六個天王詩人。我們的名詩人洛夫被選為「新古典天王詩人」，這是我們台灣之光。

乙：他們這「天王詩人」是根據什麼選出來的？

甲：能夠被選中的條件很苛刻，是根據那位詩人詩歌美學的影響力，以及是否仍在持續寫詩，有沒有作品交出來。

乙：那你朗誦天王詩人洛夫的什麼好詩？

甲：好，你現在聽好，我給你唸，一聽你就會服氣：

風風雨雨
適於獨行
而且手中無傘
不打傘自有不打傘的妙處
濕是我的濕
冷是我的冷
即使把自己縮成雨點那麼小
小
也是我的小

乙：這是洛夫的一首有名的小詩，叫〈雨中獨行〉，好又妙，尤其「小／也是我的小」，可以為很多自認為很大，而沒有大起來的詩人，得到阿Q式的滿足。那你現在唱一首詩給我們聽，你那像驢叫的湖南腔，別讓我們聽得寒毛立正，七竅生煙。

甲：別先拆我的台，您聽後再發謬論。我現在唱，你站在那裡乖乖的洗耳恭聽，先唱一首流行歌曲：

昨夜你對我一笑
到如今餘音嫋嫋
我化作一葉小舟
隨音波上下飄搖

乙：好、好，stop、stop，別唱了，別唱了，還在手舞足蹈呢，這是詩嗎？

甲：當然是詩，是大詩人余光中教授早年收在他的第一本詩集《舟子的悲歌》中的一首，題目就叫「昨夜你對我一笑」，早就譜成了流行歌曲在傳唱。我偷學好久才敢唱。

乙：你真會掰。下面你還要唱誰的詩，該不會是你自己的吧？

甲：我那夠資格。我要唱，而且是用平劇老生的腔調唱，我還自拉胡琴：

（先口哼平劇唱腔搖板過門）

（此時乙在甲身後故意四處找胡琴狀）

春花秋月何時了
往事知多少
小樓昨夜又東風
故國不堪回首月明中

雕欄玉砌應猶在
只是朱顏改
問君能有幾多愁
恰似一江春水向東流

乙：哇噻！這是李後主的詞（虞美人）嗎？真的還唱得有板有眼，好像是向當今國光劇校最叫座的青年老生唐文華拜過師一樣，給他掌聲鼓勵。

甲：獻醜！獻醜！我是向唐文華的老師胡少安那裡偷窺剽學而學來的，現在可以讓我下台了吧？

乙：不行，你說的唱的都是別人的東西，你自己的詩都沒有朗誦，你等於沒有來，等一下領不到車馬費。

甲：還有車馬費嗎？那我就朗誦一首詩送給我太太。我寫詩能夠有今天這樣的成績，當然不是一百分的成績，頂多打個乙上，都是我有一位偉大的太太在我背後支持的關係，她在這四十多年的日子裡，使我專心一致的寫詩，讀詩，論詩，使我心無旁騖。我很早就寫過一首詩，叫做〈妻的手〉，兩岸還沒有開放交流時，就已經在我的家鄉傳誦，各位聽完這首詩，就知我太太為我付出多麼大，她這雙手就是最好的證明，現在我唸〈妻的手〉：

一直忙碌如琴弦的
妻的一雙手
偶一握住
粗澀的

竟是一把
欲斷的枯枝

是什麼時候
那些凝若寒玉的柔嫩
被攫走了的呢？

是什麼人
會那麼貪饞地
吮吸空那些紅潤的血肉

我看著
健壯的我自己
還有與我一樣高的孩子們
這一群
她心愛的
罪魁禍首

乙：呵！真感人！我看到坐在下面他的夫人在掉眼淚。

甲：謝謝大家。但是今天這個ＳＨＯＷ不能讓我一個人在表演，我把最精彩的擺在最後面，作為今天的壓軸。我剛剛提到很多大詩人的詩，其實真正稱得上「大」，甚至夠資格稱天王的就在我的面前，那就是委屈為我捧哏的白靈先生。我在詩方面的各種知識，各種技巧，都是從白靈那裡獲得的，他寫的「一首詩的誕生」簡直就是我學詩的樣板。他也寫過

「大」詩，他得過金像獎的〈大黃河〉就是一首最偉大的敘事詩。我們現在拍手請白靈先生自己來朗誦他的〈大黃河〉。

乙：向明老師真正折煞我了，想不到臨末了要我獻醜。這首詩很長，三千多行，我怕朗誦起來會變成催眠曲，現在我就朗誦〈大黃河〉的序詩，我帶了幾位我的學生來為我助陣：

萬千詩詞文章沾你的水寫就，引領風騷
億兆黃帝子孫應你的勢成長，威振四海
有一條河／血液屬於黃色系統／彩度比金淡
性情比火焰安定／顏色／與新春的長龍／類似
與兩岸泥土，相當接近／與你我的皮膚，幾乎雷同
一條河，幾萬年來一直堅持／黃種
有一條河／一條四仟六百公里的長河
在多少前輩的記憶／壯闊奔流著低吟著
日日夜夜哈吟成一支長歌／多少夢裡喚我回去
一條河，在多少／我不認識的兄弟面前
幾億雙眼睛排在河兩岸的跟前／日日夜夜
盼成一條綿遠的希望／望見母親河護衛著咱中國
碩壯，強大，不畏強梁

甲：精彩！精彩！這才是真正夠「大」的大詩，我們給他最熱烈的掌聲，謝謝大家，我們不按程序的突襲表演到此結束，再次感謝大家，白靈，向明下台一鞠躬。

（2005年10月23日台北詩歌節詩朗誦會上演出）

附錄

惠我的淙淙暖流

為詩奮起為詩狂

——向明詩集《陽光顆粒》讀後

綠原

詩人和詩人不一樣，有的惜墨如金，有的思如泉湧。前者以精煉為貴，後者以豐饒見長。在每人的創作過程中，質與量的恰到好處有賴於靈感的合理運作，而靈感格於嬌生慣養，亦須在這二者相得益彰的前提下，方保持其羚羊掛角，無跡可求的天然狀態。如遇任何程度上的勉強或疏忽，二者的關係勢必由平衡轉向傾斜，以至顧此而失彼。足見一個詩人筆下，精煉與豐饒兼備，雖非不可能，畢竟是罕見的。

歲闌日暮，風物淒緊，不意詩友向明千里迢迢地寄來他的新作《陽光顆粒》，一如他在同題詩中所云，正是「在我早感手腳蕭瑟的時候」，實在有快何如之感。向明著作等身，這是他的第二十八部，約分「存在」、「人我」、「集粹」、「旅次」四輯、可說他近十年的成績都留在這裡了。拿著他的這本新作，還沒有翻開細讀，不免產生以上一點感想，我正準備從這點感想出發，來領受他的精煉與豐饒兼備的這番罕見的賜予。

在目錄前面、有一篇自述性的長文，作為本書的代序，概述了作者學詩的經過。如果說古往今來的詩人都是一個「唯一者」，這篇文章將告訴我們，向明是怎樣成為一個「唯一者」，也就是向明之為向明的所以然。他在本文的最後一段寫道：「作為一個詩人應有的表現上，我始終認為除了把作品交出來接受考驗挑戰，其他任何作為都不能增添詩人的光彩。即使忙碌，但我絕不荒廢對詩的精力投注。雖然年歲已高，好多同好已不幸故去，但我對世事的敏銳度，對美醜的分別心，對弱勢的關懷感，一點也未因體能老化而遲鈍……謝謝一切助我的諸神諸靈，使我心中仍然充滿愛充滿希望，仍然有這麼厚厚的一本詩篇交出。」這一段語重心長的話，和他的作品本身聯繫起來體會，將更使時空遠隔的讀者看清他「為詩奮起為詩狂」的風貌。

於是，按照上述四輯規定的主客觀範圍，他展示出陽光顆粒似的發光詩篇，抒發了他作為詩人對世事的感慨，讚嘆，諷刺和譴責。其構思平易而別致，其用語曉暢而含蓄，深得詩神之三昧，他借時間感慨人生的渺小：

我們。知道嗎，在這時間的長廊上
原是那被風揚起又淪落的塵土。

——〈長廊〉

他借瀑布讚嘆人生的衝動：

一念頓開萬妄俱絕
轟然一聲縱身無涯
任那虛空之下
是深淵是幽谷
是千鈞的墜力

是碎成一匹
眾生失色的
巨幅空白

——〈水的自殺〉

他借航行經驗諷刺人類的卑微無助：

而我們只能蟄伏
像播出的種子相繼躍起
卻又無奈地蜷縮成一尾蠶
對著茫茫風雨呼喊
呵！大地，我的母親

——〈航行感覺〉

他更借「天國」之夢譴責人間數典忘祖者：

為了改信天國
我們把祖先的恩寵全要忘掉
為了住進天國更富有
我們把公私財產全裝進荷包
為了要躍昇成天國子民
我們把墊腳的石頭
全都踢掉

——〈天國近了〉

為了擴大詠嘆範圍，更巧妙地運用抒情機制，他或以具體物事為題材，如〈臼砲〉、〈秤〉、〈太師椅〉、〈室內繪〉等，或以戲劇性生活場景為題材、如〈愛情捷運〉、〈阿土去釣魚〉、〈或人的回憶〉、〈吳興街組曲〉等。或以古典逸聞、天下大事、異國風情為題材、如〈相思樹傳奇〉、〈雲的記憶〉、〈理想國千禧年的第一天上午〉、〈別看我、阿富汗女郎〉等，令人不覺莞爾。甚至忍俊不禁的，還有玲瓏剔透的〈一群小詩〉和耐人尋味的〈麻辣小詩〉。所有這些長短不一的佳作，在在顯示了「精煉和豐饒兼備」的特色，讓我們流連忘返於他的寬闊的胸襟，幽婉的情致和深刻的理趣。

向明是我識荊較早，晤談次數較多的台灣詩友之一，有一年在三亞，我們同住在一個旅館裡，白天一同在靠海的天涯海角漫步，面前是一望無涯的滾滾而來的波濤，身後是彷彿由波濤凝固而成的龐大無比的鵝卵形石礁，在這不可捉摸的大自然威力的籠罩下，我們站在遼闊的沙灘上，不免油然而生「念天地之悠悠」的感慨。那時我們都還年輕，都沒有怎麼想到自己，不懂得什麼叫「老」，下意識地把自己和一株悄悄以青春自傲的常綠灌木等同起來。不料，這次從他的新作中，竟然，讀到他自以為的「年歲已高」的句子，我才吃驚地想到，他不過比我小六歲，原來我們都老了。

是的，我們都老了，不過，儘管老了、我們仍在研磨「陽光」，仍然收穫《陽光顆粒》，仍有興於「對日出有暖身的希望」、「對日落有安寢的幻想」。那麼，向明老友，珍重珍重。

（刊於2005年12月香港《詩網絡》第十九期）

雪晴窗下遠人詩

——讀向明詩集《陽光顆粒》

邵燕祥

今天是十二月二十曰，甲申年的冬至前夕，一場雪晴，陽光撲窗。這時，在窗下捧讀台灣爾雅十二月十日初版的詩集《陽光顆粒》，卷首有詩人向明於十一月十五日寫的「為詩奮起為詩狂」代序，在這麼短的時間內，讀到台灣新版書，這在過去是不可想像的。

我認識兩位向明，同為儒雅的詩人，一在台灣，一在大陸，論年齡都是我的兄長，又都是雖老而詩興不減。兩個向明，有一年隔海通話，傳為美談。當時是犁青和野曼在深圳主持的一次詩會上，促成了兩岸詩人聲氣相通，這算是交往之始吧。

一九八八年，我在〈文藝報〉開「彼岸他山」專欄，曾寫一小文談向明〈一枚子彈〉，兼及詩集《水的回想》中其他的詩。生於湖南，久居台灣的這位向明，十四歲不到，就被日本侵略者的戰火趕得亡命在外，經歷了抗日和內戰，二十歲隨軍出海，大半生在軍旅渡過。他的〈一枚子彈〉寫了一個台兒莊受傷老兵的記憶，那記憶是跟一枚黃銅子彈一起，被日本皇軍植入他心室的左邊，而一直由他的鮮血餵養著的，老兵不得不狠狠地把它按捺住，「生怕那塊結痂的恨，會引爆成／一顆憤怒的炸彈」。

當時我寫下了幾句感想，說「歸根結蒂，詩是寫人生體驗的，青年自有青年的體驗，而且會敏感而尖銳。然而，那輾轉於世路崎嶇，浮沉於人海漩渦的中年以上者的滄桑之感，恐未必是青春的筆墨所能替代」。

向明那本詩集中的詩，多數寫於八十年代中期，這本《陽光顆粒》則是詩人在世紀之交，也就是七十歲後之作，更加強了我這個看法，過去說「辣手著文章」，詩筆竟也會隨著詩人的年齡而趨老辣，在向明又是一例。向明近作之一，去年十一月寫下了如下十二行短詩：

假裝自己是貝多芬
學會捂住耳朵裝聾
拒聽荒野的四面楚歌
卻堅稱那是他譜的快樂頌

假充自己是海倫・凱勒
戴上墨鏡冒充盲人
從不祈求復明三天看看世界
卻瞎說前途一片光明

假裝自己是耶誕老人
暗藏虎姑婆的偽善本性
笑聲呵呵說他是神，愛世人
襪袋裡裝的盡是毒品

這首詩題是〈PRETENDING〉，查字典是「假裝」的意思，我們平常遇到的「假裝」，多是「假做真時真亦假」的情形，這裡卻又在「假裝」之後進了一步，「堅稱」或「瞎說」，就不知是欺人還是自欺了。

詩人自述，上世紀五十年代，「台灣詩壇的爭霸戰正方興未艾，不加入現代派便被視為保守，而我讀書不多，許多想讀的書均被查禁，成為半『詩盲』，委實不知道波特來爾是何方神聖，更不知道為什麼詩中知性含量不達百分之六十以上比重，便不能稱之為詩，就必須打倒」。五十年過去，雖未統計出現在向明詩中知性含量有百分之多少，但詩人從自己的生活實踐和藝術實踐，水到渠成地找到了感性和理性最佳的契合點。

詩所記錄的，是人生經驗和體驗，有時是過程，有時是過程之後的頓悟。向明以〈餿桶〉（詩「廚餘三味」之三），「驗證」了杜甫深有所感的「朱門酒肉臭」，但又跟今日眾多讀者心中所有卻未曾說出的經驗相通，於是有了使這一經驗放諸四海的點睛之筆：

君欲確知
從量變到質變的過程
從燦爛剝腐朽的過程
從異香到酸臭的過程
從摯愛到拋卻的過程
必不可
過此逕自掩鼻充耳而去

君必知曉
無所回避的風景是
君家後巷
市政廳側
通往朱門的叉道
各有大大的一桶廚餘

詩人一般是偏重感性的，「詩的判斷」一般也不是來自學理，而是根據直覺和常識，作為詩，這就夠了。台灣連發地震，詩人在一九九六年寫了〈地震〉一詩：

地球才不過稍一欠身
這世界便山搖地動的惶恐

可知待釋放的那股積怨
馱負得有多沉重

詩人們往往不是有意做出預言，但因為他們周遊在昨天、今天、明天之間，常不免有對未來的敏感。也是在一九九六年，在〈旗正飄飄〉一詩裡，向明作為一位曾經滄海的老人，流露了他的一種悲憫：

昨天依附於一條堅實的臂膀
抓首弄姿
張揚如女子頭上的一方絲巾

今天面對陰暗詭譎的天色
垂頭喪氣
膽怯如藏身角落的一塊抹布

抄到這裡，我忽然想到自己曾在一九九八年寫過一首〈風中旗〉：

多少次黃昏的運動場／只剩下風中顫抖的旗
沙啞的喇叭歌聲中斷／千千萬萬觀眾的潮水／退去，留下瓶瓶罐罐／如滿灘散落著的海貝
勝敗運動員都已出場／暴風雨過境不留痕跡／蒼白的夕陽遠遠眺望／一群瘦瘦的褪色的旗
顫抖，在陣陣晚風中／面對酒殘人散的盛筵／一座無人攻守的荒城／沉船之後平靜的海面

我這首〈風中旗〉是不是可作〈旗正飄飄〉的注腳？那「風中顫抖的」「一群瘦瘦的褪色的旗」，是否就是那「膽怯如……一塊抹布」的「垂頭喪氣」的旗呢？誰知道？

我不知道年輕的讀者有怎樣的感受，也許他們看是「老傢夥」的東西，就當作「餿桶」，「逕自掩鼻充耳而過」了。但我至少在讀向明這本老人的詩時，我感到了保有詩心的老人的優勢。他既用熱情甚至童心，同時也用冷眼觀照世界，臉上是平靜寬厚的笑容，嘴角則似有一抹睿智而帶微諷的笑意。他可能在嘲笑應該嘲笑的人和事，但有時也有意無意地兼作自嘲，如他的〈賣老〉一詩，開頭說：「強者你的名字是老人／老人絕對不會

拒絕成為一切偉大和不朽的可能」，接著寫老人「常常因……」而「簇擁」「抬舉」「我執」「透明」「無助」「厭棄」「追趕」「等待」在什麼什麼的前面，最後說「不幸現在的我也和他們一起／混跡在一切可能又可憐的前面的前面」，我不禁會心一笑，我在這裡沒有把全詩移錄過來，是故意留白，請有興趣的讀者在我寫作「……」和「什麼什麼」的地方，作一次填空的遊戲，如同古人做過的那一樣：「身輕一鳥〇」是「疾」，是「度」、還是「過」？「春風又〇江南岸」，是「春風又到江南岸」，還是「春風又綠江南岸」？

向明這本詩集題為《陽光顆粒》，取義於他贈瘂弦的一首詩，「溫暖是／一種充滿陽光顆粒的激素／在這陰霾風發的世代／非常罕有」，詩人瘂弦一直收藏冬日烘手用的暖爐，自號「百爐老人」，就在他移居北美寒冷極地之前，送給向明最古舊的一隻，作為數十年友誼的見證。這種暖爐是不能熱酒的吧，但我由此想起「綠蟻新醅酒，紅泥小火爐，晚來天欲雪，能飲一杯無？」詩集中贈人懷友一輯正是這般況味。而此刻，在我讀向明詩並寫下這些讀後感時，已在雪晴之後，藍天如洗，陽光如瀑，我感覺到無數明亮溫暖的陽光顆粒，夾帶著晴雪的潔白乾淨，冷冽清新。南方與北國，千里復千里，遠人不遠，如在對面。

（刊於2005/3/6「向明詩文陷阱」〈布洛格〉）

即使只是一根針，地球也知道
——速寫向明

蕭蕭

臨水的時候是不是總是不忘探頭一照，好像自己就是一株水仙？臨風時，又彷彿玉樹了自己？一日裡總要好幾回對鏡，臨鏡，那又會脈脈久久凝視自己嗎？

人，免不了會有自戀的傾向，自戀的程度容或不同，自戀的方式也許有異，但是、任何人不可能停止愛戀自己，連自己都不愛的人如何善待眾生？

因此，當我決定速寫向明的時候，腦中浮現鮮明的向明形象，不高不矮，臉龐斯文，六十歲的年紀卻有一張五十歲的臉容，講起話來，聲音緩而低沉。我在想、如果我能活到六十歲，是不是就是今日向明的樣子？很多詩人朋友常誤叫我為向明，是不是也有人叫他蕭蕭呢？在我的潛意識裡一點就點到他、是一種自戀傾向的表示嗎？

認識向明總有十幾二十年的歷史了，沒看過他臉紅脖子粗，大聲粗氣地講話，是一種本性使然，還是修養的內斂？偶而，同輩中起爭端，他也不過是一句「不跟你說了」，倖倖走開而已。歷史上沒有明文規定詩人應該具有什麼樣的氣質，但我認識作風豪邁、不拘章法的管管，領教過口若懸河、永遠沒有句點也沒結論的羅門，最熟悉連珠砲頂真格不加標點的張默。不過，我不能不承認：一般人想像中所謂詩人應該像向明這種類型，不疾不徐，不慍不火。到了世紀末的今天，向明這種類型已經成為代表「傳統」的典型。更多的詩人有更多不同的面貌，傳統的向明就更值得珍惜了。

湖南人，執拗，騾子，湖南長沙人的向明也有這種脾氣。比起衡陽的洛夫可能溫和了些，不過，堅持，固執，不讓的地緣特質，好像也固守得十分周全。他有首詩〈午夜聽蛙〉，如果是十三世紀的北京人馬致遠，他會說「枕頭上鼓吹蛙鳴，江上聽甚琵琶？」人間的俗樂怎麼比得上自然的音籟？二十世紀的湖南人向明，在台北卻是以一個「非」字開端寫了卅六行的詩，溫文而又執拗：

> 非吳牛／非蜀犬／非悶雷／非撞針與子彈交媾之響亮／非酒後怦然心動之震驚／
> 非荊聲／非楚語／非秦腔／非火花短命的無聲噗哧／非瀑布冗長的串串不服／
> 非梵唱／非琴音／非魔歌／非過客馬蹄之達達／非舞者音步之恰恰
> 非嬰啼／亦非鶯啼／非呢喃、亦／非喃喃／非捏碎手中一束憤懣的過癮／非搗毀心中一尊偶像的清醒／
> 非燕語／非宣言／非擊壤／非街頭示威者口中泡沫的飛灰烟滅／非番茄加雞蛋加窗玻璃的嚴重失血／
> 非鬼哭／非神號／非花叫／非鳳鳴／非……／非非……／非非非……／非惟夜之如此燠熱／非得有如此的／不知所云

「非」了許多之後，他還堅持「非得如何不可」。

這就是詩人的拗。

一九八七年二月，我們詩人訪問團一行九人應菲律賓「千島詩社」邀請前往馬尼剌演講，在一次宴席上，我第一回見識到向明放開喉嚨唱作平劇，聲音宏亮、鏗鏘，大約是詩人朋友中少有的嗓子。在朋友的聚會中，我們常聽到辛鬱，管管的民謠小調，瘂弦的河南梆子，洛夫與夫人的抒情老歌、卻不容易聽到向明的絕活，真所謂不鳴則已，一鳴驚人。字是端端正正的正，腔是圓圓潤潤的圓。很多人唱平劇，唱一句漏一句，向明一氣呵成，喝了一點酒的臉，因為用力而紅得有些汗漬。向明是屬於那種要做就把它做得盡善盡美的人吧！

譬如編《藍星詩刊》、自從九歌出版社負責發行以來，即由向明主持編務，四年多來，在詩壇已經呈現了持續而穩定的影響力。一向閃爍不定的出版型態，版本終於了自己的式樣。我們常笑他大器晚成，老來發，五十三歲以後出版的兩本詩集《青春的臉》、《水的回想》得到相當大的迴響與肯定，還因而獲「國家文藝獎」，「榮譽文學博士」。到底他是有鋒芒的人，有稜有角的人，堅持詩的追求，也堅持自我的要求。雖然內斂許久，終究要放出他的光芒。

寫詩的人相當重視詩壇倫理，如「秋水！詩人涂靜怡對已故詩人古丁、一直懷抱着孺慕之思、繼志述事，維持「秋水詩刊」的出版；編輯「秋水詩選」，成為詩壇佳話。前輩詩人覃子豪逝世之後，承認是覃氏學生，以師禮事之至今的、大約就只向明一人吧！在言談與文字之間，顯現了對覃先生的崇敬。今年（2000）年初，向明還特地問我，說大陸詩人的論著中、指陳我也是覃子豪的學生、有這個可能嗎？覃先生逝世於民國五十二年十月十日，那時我才剛來台北進入輔仁大學，吾生也晚、未及瞻望覃先生豐彩、未能親炙門下，不過，高中時代我是他詩歌函授班的學員（當時的指導老師是劉國全先生），遍讀他的論著和講義，或許因為這層因緣，被當做是覃氏學生吧！以向明的年紀自稱覃氏門人，是一種謙卑，也是一種委屈；以我的年紀而自稱覃門子弟，那就高攀了，從這裡可以看出向明事師之尊，別人可能忽略了這篇文章，他卻特別注意到有關覃老師的細節報導和評述。

向明的詩平實而不炫奇，都從生活中來。不過，看似平實，卻也蘊具巨大的爆發力。詩原該存在於生活中的每個可能的角落，用心可以擷取，無心也能拾得。有一次參一加一項會議出來，我們一群人都已進入電梯間，門即將關上，向明才匆匆趕到，看看擠滿人的電梯，向明猶豫了一下還是擠了進來，他說：「我像針一樣插進來，連電梯也不知道。」這不就是詩嗎？詩的夸飾，詩的機智，就在向明不自覺的話語中閃現輝光。

是不是一個大詩人？會不會成為一個大詩人？其實並不重要，內裡要有一顆誠摯的心，不逐名、不逐利，寫自己想寫的詩，做自己想做的事，像向明這樣半生戎馬，一世單純，才真是詩的境界。

這時，即使只是一根針，地球也會知道。

（2000/10/3刊於「中央副刊」）

閱讀大詩04　PG0590

閒愁
——向明詩集

作　　者	向　明
責任編輯	黃姣潔
圖文排版	蔡瑋中
封面設計	陳佩蓉

出版策劃	釀出版
製作發行	秀威資訊科技股份有限公司 114 台北市內湖區瑞光路76巷65號1樓 電話：+886-2-2796-3638　傳真：+886-2-2796-1377 服務信箱：service@showwe.com.tw http://www.showwe.com.tw
郵政劃撥	19563868　戶名：秀威資訊科技股份有限公司
展售門市	國家書店【松江門市】 104 台北市中山區松江路209號1樓 電話：+886-2-2518-0207　傳真：+886-2-2518-0778
網路訂購	秀威網路書店：http://www.bodbooks.com.tw 國家網路書店：http://www.govbooks.com.tw
法律顧問	毛國樑　律師
總 經 銷	聯合發行股份有限公司 231新北市新店區寶橋路235巷6弄6號4F 電話：+886-2-2917-8022　傳真：+886-2-2915-6275

出版日期	2011年07月　BOD一版
定　　價	200元

國家圖書館出版品預行編目

閒愁：向明詩集 / 向明作. -- 一版. -- 臺北市：釀出版, 2011.07

面； 公分. --（閱讀大詩；4）

BOD版

ISBN 978-986-6095-27-6（平裝）

851.486 100011352

讀者回函卡

感謝您購買本書，為提升服務品質，請填妥以下資料，將讀者回函卡直接寄回或傳真本公司，收到您的寶貴意見後，我們會收藏記錄及檢討，謝謝！如您需要了解本公司最新出版書目、購書優惠或企劃活動，歡迎您上網查詢或下載相關資料：http:// www.showwe.com.tw

您購買的書名：________________________________

出生日期：________年________月________日

學歷：□高中（含）以下　□大專　□研究所（含）以上

職業：□製造業　□金融業　□資訊業　□軍警　□傳播業　□自由業

□服務業　□公務員　□教職　□學生　□家管　□其它_____

購書地點：□網路書店　□實體書店　□書展　□郵購　□贈閱　□其他

您從何得知本書的消息？

□網路書店　□實體書店　□網路搜尋　□電子報　□書訊　□雜誌

□傳播媒體　□親友推薦　□網站推薦　□部落格　□其他__________

您對本書的評價：（請填代號　1.非常滿意　2.滿意　3.尚可　4.再改進）

封面設計____　版面編排____　內容____　文／譯筆____　價格____

讀完書後您覺得：

□很有收穫　□有收穫　□收穫不多　□沒收穫

對我們的建議：________________________________

____

____

____

請貼
郵票

11466
台北市內湖區瑞光路 76 巷 65 號 1 樓
秀威資訊科技股份有限公司 收
BOD 數位出版事業部

....

（請沿線對折寄回，謝謝！）

姓　名：＿＿＿＿＿＿＿＿ 年齡：＿＿＿＿ 性別：□女　□男

郵遞區號：□□□□□

地　址：＿＿＿＿＿＿＿＿＿＿＿＿＿＿＿＿＿＿＿＿

聯絡電話：（日）＿＿＿＿＿＿＿＿（夜）＿＿＿＿＿＿＿＿

E-mail：＿＿＿＿＿＿＿＿＿＿＿＿＿＿＿＿＿＿＿＿